大嶋濤明の
Ohshima Toumei no senryu to kotoba
川柳と言葉

吉岡龍城編
Yoshioka Ryujyo

新葉館ブックス

大嶋濤明の

Ohshima Toumei no senryu to kotoba

川柳と言葉

吉岡龍城編

Yoshioka Ryujyo

新葉館ブックス

大正2年、来嶋藤吉の長女トヨと結婚。写真は新妻の初々しさが残る大正5年頃のトヨ夫人。

濤明は、大阪出張を機に日本川柳界の重鎮・井上剣花坊を訪問した。写真は大正5年5月5日の柳樽寺横浜川柳会。2列目左から3人目が濤明。前列左から3人目が剣花坊、8人目が阪井久良伎。

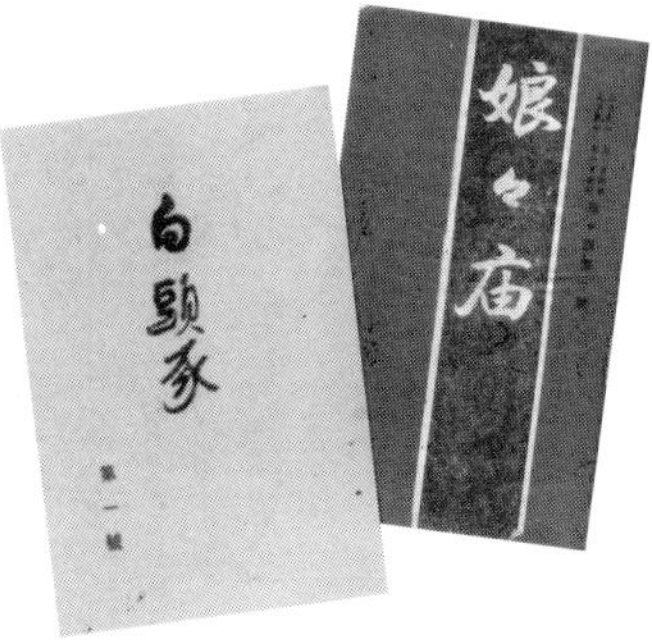

大連川柳会の編集・運営を任された濤明は大正9年1月、機関誌「娘々廟」を創刊。廟宇「娘々廟」の伝説が中国各地に伝播したように、川柳の隆盛を祈る意味で名づけた、と創刊号・巻頭の辞で述べる。

大正13年4月発行「白頭家」創刊号。旅順から大連に戻ってきた濤明らが満を持して創刊したものの、ほどなく伝統派との対立から革新グループ「赤黎会」を結成。

～明治

23年　1月8日、福岡県宗像郡上西郷村（現福間町）に父久吉、母リツの四男として生まれる。本名大平。大嶋家は四百年続く旧家で、宗像城主・宗像氏貞の家臣・石松但馬守の子孫にあたる。

37年　兄たちが日露戦争に出征後、家計を助けるために上西郷尋常小学校在学中に学校公認で上西郷村役場に勤める。

38年　上西郷尋常小学校卒業。

40年　6月、同村出身の関東都督府の経理課長・川崎流三を頼って満州・旅順に渡り、関東都督府民政部土木課に就職。初任給は17円40銭。
7月、青木静軒に俳句を学び、同志とともに俳誌「ヒヅメ」創刊。

44年　大連に大連川柳会が誕生し、「漣」創刊。

45年　「漣」7号より「幼稚園」と改題。

～大正

2年　1月、来嶋藤吉の長女トヨと結婚、大連市対馬町に新居を構える。
3月、大連かわせみ川柳会に入会。

4年　「誹風柳多留」を読み、川柳への関心を高める。
井上剣花坊選の「講談倶楽部」川柳募集欄で《毒草に火焔のような花が咲き》が3位に入選。
俳人から川柳作家への転進を決める。

「娘々廟」創刊号の巻頭に掲載されている大連川柳会の創立メンバーたち。濤明は2列目右から3番目で当時30歳。

大連川柳会の合同句集「川柳大学」は、濤明を編集人に大正15年8月に刊行されたが、川柳の伝統・革新論争が激化し、以後は続かず最初で最後の発行になった。

昭和3年、御大典祝賀会に出席する39歳頃の濤明（前列中央）。

昭和3年、大連で開かれた与謝野鉄幹・晶子夫妻の歓迎短歌会に濤明も同席（2列目左から2人目）。

小林茗八が21号まで大連川柳会の機関誌「紅柳」を刊行。

5年　6月、官命による大阪出張を機に、東京・麻布の柳樽寺川柳会主宰の井上剣花坊を訪ねる。濤明歓迎句会で吉川雉子郎、矢野きん坊らを知る。また同じ頃、横浜の阪井久良伎を知る。

6年　重岡西嫁からのすすめで大連川柳会に入会。

7年　1月、井上剣花坊主宰「大正川柳」同人に推される。

9年　1月、大連川柳会の編集、経営等いっさいを引き受け、「娘々廟《にゃんにゃんみょう》」を創刊。表紙に赤唐紙、本文用紙に黄唐紙を使った斬新な装丁と意欲的な編集内容で個性を発揮。

11年　濤明の旅順転任により「娘々廟」休刊。

12年　関東庁理事官に就任。

13年　4月、濤明の大連帰還を聞いた同市市会議長の立川雲平が、機関誌再刊をうながし「白頭豕《はくとうし》」創刊。大連川柳界の黄金期到来。釜山日報、満州新聞など新聞・雑誌の川柳欄選者となる。

秋に佐々木三福、井上麟二らと「白頭豕」内部で革新川柳の研究グループ「赤黎会」をおこす。大連川柳会内で伝統派、革新派の対立深ま

昭和4年8月7日、番傘の岸本水府を大連に迎える。前列右から濤明、宮武如蛙、岸本水府、高橋月南、石原青竜刀。後列左から2人目は小林茗八、1人おいて福田憲花、佐々木三福。

昭和13年11月3日、大嶋家の記念写真。左から2人目が濤明、その前が靖生。後年に息子2人と妻トヨを失ない、悲嘆にくれる濤明の心を川柳と仲間の存在が支えた。

春聯吟社1周年記念大会が昭和6年2月11日、大連の「三つ輪」にて行なわれた。前列左から4人目が濤明、右隣が宮武かわず。最後列の左から5人目が石原青竜刀。

〜大正

る。

14年 4月、満州土木建築業協会書記長に就任。

夏、井上剣花坊と大谷五花村の訪満を機に大陸におけるはじめての大会となる東亜川柳大会、三越内の川柳作品展覧会を催す。

15年 8月、大連川柳会の合同句集「川柳大学」第1巻を編著。

この頃より川柳の伝統・革新論争激化。

〜昭和

5年 満州土木建築業協会常務理事に就任。

10年 大連川柳会有志により「春聯」創刊、顧問となる。

13年 満州土木建築業協会本部の移転とともに、新京に移住。国都川柳集団発行「川柳きりん」の客員に迎えられる。

15年 満州における在来の川柳吟社を統合した初の組織・東亜川柳会が結成され、機関誌「東亜川柳」創刊。

この頃、満州国政府が日本文学報国会に準ずる「満州芸文協会」を設立し、川柳部長に就任。

16年 2月、東亜川柳連盟が結成され、会長に就任。各地の代表に安井八翠坊、石原青竜刀、高須唖

満開の桜をバックに写す、寺山青々庵送別川柳会の参加者たち。前列中央が青々庵、右隣が濤明（昭和9年6月12日）。

濤明が会長を務める東亜川柳連盟の機関誌「東亜川柳」昭和17年8月号は、第2次世界大戦まっただ中という時局がら、「兵と川柳」の巻頭エッセイなど戦意高揚の内容が中心に。

春聯吟社の顧問になって2年後の昭和12年1月、大連川柳会主催の新年柳友交歓会に参加。前列中央で腕組みするのが濤明。新年会らしく披講後に福引きの余興も。

三味、大井正夫など。

4月、日本文学報国会総会に出席のため40年ぶりに日本を訪れ、川上三太郎、椙元紋太らと歓談。

17年　次男裕太（俳号・裕史）死去。

18年　満州土木建築公会が誕生し、理事に就任。

　この頃までに大陸発行の主要新聞のほとんどの選者をつとめる。遼東新報、大連新聞、満州日々新聞、奉天毎日新聞、安東新報、満州新報、長春実業新聞、朝鮮新聞、釜山日報、平壌毎日新聞、満州新聞ほか。

20年　8月、敗戦により新京の勤務先で、資産、刊行準備中の句集「川柳人間教」の原稿、校正刷の全てを失う。

21年　新京より大連の自宅に帰る。住居は没収され、家財を売りながら生活する。

22年　3月、大連より引き揚げ長崎県南風崎に上陸。福岡県宗像郡本木に住む甥の大嶋厳宅に落ち着く。

5月、妻トヨ死去。定職なく、病気療養中の三男栄夫をかかえ、生活は窮迫。江崎トシ子と結婚、熊本市桜町に居住。

昭和24年3月、熊本市にむつみ川柳会が発足し、8ヶ月後の11月23日に結成記念川柳大会を開催。その時発行の「噴煙」は、むつみ川柳会の会報幻の創刊号となった。

昭和17年、椙元紋太が新京を訪問。前列右から濤明、中野柳陽、紋太、高須唖三味。後列左は大井正夫。

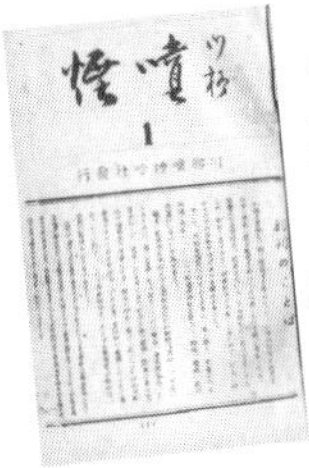

昭和25年1月10日発行「川柳噴煙」創刊号。八代川柳会、海東梢風会、大津グループ、三染川柳会、稗田川柳会、産水、むつみ川柳会などの熊本県内の結社が結集して川柳噴煙吟社を創設。柳派を超えた県内総合誌としてスタートした。

高須唖三味（左）は、出口夢詩朗らと大連番傘川柳会を創立し、後に満州番傘、濤明が会長を務めた東亜川柳連盟などで活躍した（昭和29年6月、東京建設寮にて）。

〜昭和

23年 佐藤木賊の奔走で熊本市出水神社社務所の川柳会に出席、引揚げ後はじめて川柳界に復帰。
4月、株式会社岩崎組熊本出張所長に就任。

24年 「夕刊くまもと」発刊とともに川柳欄選者となる。
3月、甲斐田桜里の協力を得て熊本市桜町でむつみ川柳会を結成、同会会報として「噴煙」創刊。

25年 1月、「むつみ川柳会」を川柳噴煙吟社と改称し、あらためて「噴煙」創刊号。
4月、北米の川柳作家と協力し、日米交歓川柳競詠大会を企画、主催した。村田周魚、麻生路郎、前田雀郎、岸本水府、川上三太郎、椙元紋太ら代表作家を選者に迎える。

26年 10月、還暦祝賀川柳大会を開催。参加者100名を超える。

28年 7月、「西日本新聞」不知火柳壇選者となる。

29年 4月、「川柳噴煙」創刊50号記念大会を開催。

30年 4月、川柳噴煙吟社5周年大会を開催。
10月、「毎日新聞」西部本社柳壇選者となる。

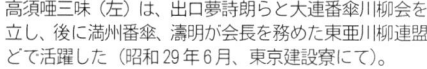

34年 8月、九州機械建設共同組合常務理事に就任。

35年 1月、川柳噴煙吟社創立10周年記念川柳大会

昭和33年4月6日、熊本城博物館にて「川柳噴煙」100号祝賀川柳大会を開催。2列目左から創設メンバーの甲斐田桜里と濤明、福岡の安武九馬、上野十七八。最後列中央に吉岡龍城。前列左から2人目、西田放亭、坂口雅柳、2人おいて台信録郎、右端に田口麦彦。

岡山県岡山市児童会館の玄関先にて。当時濤明75歳、川上三太郎73歳（昭和39年11月2日）。

昭和30年の川柳噴煙吟社の例会風景。中央奥に座るのが濤明。

東京川柳界の重鎮・塚越迷亭の歓迎会にて。前列左から濤明、迷亭。2列目左端が龍城。3列目右から2人目が田口麦彦（昭和30年頃）。

を開催。記念句集「草千里」出版。

38年　ニューヨークの結社・川柳万発端とインターナショナル川柳大会を共催。集句1万句。

42年　10月、「川柳噴煙」創刊200号祝賀川柳大会開催。

45年　年初より体調すぐれず、吉岡龍城、金子竹川、七谷虹桟橋らを招き「噴煙」の後事を託す。8月6日、熊本市内で死去。享年80。

死の前年に皇居二重橋前広場にて大井正夫、小松久雄とのスリーショット（昭和44年11月1日）。

昭和43年発行「噴煙」1月号。表紙題字は濤明の書。個性的なデザインが目を引く。アメリカ、アルゼンチンからの賀状広告に国や結社を超越した交流網がうかがえる。

昭和46年8月発行の「娘々廟－大嶋濤明川柳集」。濤明の生前から構想のあった川柳作品と随筆集の刊行は、彼の死後に五男・来嶋靖生の編集で実現した。

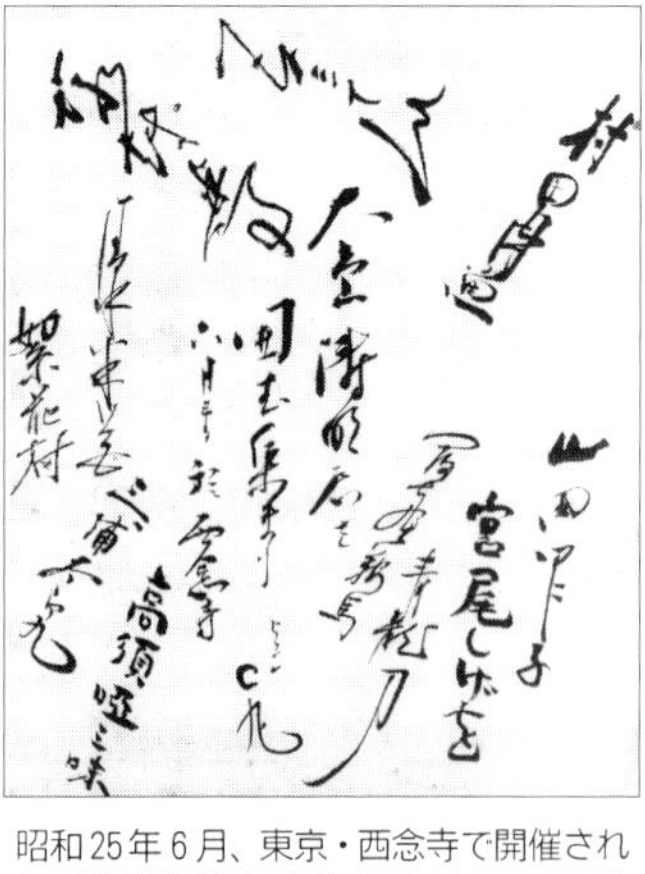

昭和25年6月、東京・西念寺で開催された「大嶋濤明君を囲む集まり」での寄せ書き。西島〇丸、村田周魚、川上三太郎、清水米花、石原青竜刀、塚越迷亭、冨士野鞍馬、宮尾しげをらのサインがみえる。

熊本県八代市春光寺境内に建つ句碑「鉄拳の指をほどけば何もなし　濤明」。

ふあうすと川柳社・椙元紋太の病床を見舞う。手前右から濤明、紋太。

はじめに

大嶋濤明師の川柳には、二つの顔があった。一つは、大正二年（一九一五年）から大連かわせみ川柳会に入会して、後に井上剣花坊主宰の「大正川柳」の同人となり、満州の川柳界を統一した「東亜川柳連盟」の会長となって終戦まで活躍した三十二年間であり、もう一つの顔は、戦後、熊本に定着して「もう二度と川柳と取り組むことはないだろう」と諦めていた川柳に再び復帰し、私たちも参加して噴煙吟社を創立した昭和二十三年から四十五年（一九七〇年）に八十歳で亡くなるまでの二十二年間の川柳生活であり、五十四年間の川柳人生であった。

濤明師は、般若心経に深い感銘を受け、傾倒していた。宇宙の心理を大悟した思想を抱いて、「川柳は仏である」という作句の心掛けに一本の筋を通して、「川柳は人間修養の道場であり、宗教である」という信念を持っていた。

現在、川柳噴煙吟社が信条としている「一党一派に偏せず」も濤明師の提唱を受け継いだものである。

平成十五年十二月　　　　吉岡　龍城

大嶋濤明の川柳と言葉　目次

資料提供：吉岡龍城／来嶋靖生
参考資料：「娘々廟－大嶋濤明川柳集」（大嶋濤明著）／
「川柳大学」（大連川柳会発行・大嶋濤明編集）／娘々廟／白頭豕／東亜川柳／川柳噴煙

大嶋濤明の川柳と言葉

太陽をまん中にしてみんな生き

鉄拳の指をほどけば何もなし

霊峰も山ふところはただの山

川柳は信仰である。

虫けらはやはり自分の世と思い

大宇宙両手ひろげた巾のなか

水天の極まるところ線一つ

選句もまた一種の創作である。

三脚は互いに信じ合う姿

一人ずつ消えていつしか世が変り

花の散る音に金魚の夢がさめ

自然は真なり、自然は理なり、而して真理は自然なればなり。

川柳は自然に活き真理に育ち、そして讃美せられたるものなり。

自然を離れたる川柳は僞にして、真理を脱したる川柳は虚なり。

紙の雪紙の重さで落ちてくる

外出をすると兄弟けんかせず

人間が踏んでも矢張り月綺麗

私はよく冗談に「これまで真裸になったときが三回ある」と言っている。生まれたときと満州から引き揚げてきたとき、それに昭和三十六年、新築したばかりの家を丸焼けにしてしまったときである。

裸にもなれて茅屋また楽し

そのたびに私は無一文からやり直しをした。

第一章

いのち

Inochi

いのち

天照《あまて》らす下に子子《ぼうふら》生きている
あめつちの中に尊きわがいのち
生命《いのち》そのものからこの世大とばく
骨箱に階級はなく香煙る
釘錆びてなおも使命へまっしぐら
こうしているうち地球は回る

太陽をまん中にしてみんな生き

この句には二つの意味を含んでいる。その一つは太陽の恵みの鴻大さを讃えたもの。

今一つの意味は社会生活での組織の大切さを強調したもの。

私はこの二の意味、すなわち太陽の偉力の広大と恩恵と社会秩序の確立により和平な社会生活が営まれる有難さを天地に謝するものである。

こころ

水鏡覗けば喜憂そのまんま
突つけば指はあざける形となり
信念があって世の中恐くなし
信心の瞳《め》にさんらんとお灯明《とうみょう》
神様がみてます良心とり戻し
一寸《いっすん》のマッチ暗夜《やみよ》にある偉力

路傍に流れる下水のドブ、人間が見ればとても汚なくむさいものであるが、そこにうようよ泳いでいる孑孑(ぼうふら)たちにとっては、これ程よい天国は無いであろう。

　この様に、どんな優れた人間でも、他人を批評し、あるいは値踏みすることは大きな誤りであり、真実を脱しているのである。かくして「虫けらは矢張り自分の世と思い」が生まれたゆえんである。

瞑目の奥の奥から声をきく
白日にわが良心をかえりみる
頬杖の思索へ窓の陽がにぶい
いささかの歯痛へ思念また崩れ
幸福を希《ねが》う心に隙ばかり
言い勝ってみても動悸は打っている
よし悪しの岐路へ白地の無関心

正しき描写。現代川柳を詠むにはまず正しき描写をすることであります。

追従と知っても褒めらるる心

まこと

世の中の嘘挨拶がはじめなり

人間が玉を抱けば罪になり

偽りを剥げば浮世は骨となり

人の道貧しき中に培われ

正しき批判。実在の諸相を正しく描写したならば、これを真面目に批判することです。冷笑するようなあるいは誹謗するような態度を以て批判してはいけない。正しき批判より生まれた着想を十七字に纏め上げる、そこに川柳の鋭さがあります。

誕生

人間を産むは女の強さなり

運命のみくじを引いて子は生まれ

見つかったよい名七夜の父の顔

親子

唇を噛む強情へ父の鞭

あか切れの子の眼《め》にひそむ負けじ魂《だま》

正しき指導。川柳はただ事実を描写し又は批判するだけではいけない。あるいは面白おかしく興味さえあればよいというのではいけない。ともかく現代の川柳はそんな安価な考えでは済まないのであります。川柳作家は自分の作る十七字詩をもって社会を誘掖指導するところの抱負と信念と襟度を持たねばならないのであります。

いずれ征《ゆ》く男の子の瞳雑煮食う

今日説けば長男むしろ明日を説く

ほんとうの父になりきる日曜日

夫婦

性質を知り過ぎ夫婦ちともめる

襟垢も親しきものに妻があり

川柳四言

▽川柳は生活に立脚し
社會に生育す
▽川柳は風俗を善導し
情誼を厚うす
▽川柳の表面は素朴にして
その内容は快活なり
▽川柳の眼光は隼の如く
川柳の活力は秋水の如し

姉妹

姉さんへ条件がつくいい電話
妹がいて華やかな仇討ち

長寿

人間にもったいがつく白い髯
須弥壇に和尚彼岸の顔で座し
山僧の枯木のように生きている

川柳の先生とか先輩とか言われる立場の者は、若い川柳家に対してもやはり人間としての尊敬の心をもって遇し、あるいは指導しなければならぬ、と自分の過去の経験から考えて思うが、さて私はこれまで若い人たちに対して果たしてこうであっただろうか、時々反省して見るのである。

男

大声で笑う男の憎まれず

敬遠という字を知らぬ彼が来る

舌打ちのそれから悪い策をたて

女

美しいわがままを聴く宵の雨

ほんとうを語り合う夜は少し酔い

我々の川柳の目的は何であるか、川柳は何の為にあるか、と考えるとき、私は川柳は正しい人間を作り、川柳は社会を明るくする為にあると言いたい。人間生活の実体を見究め、社会活動の真理を追求するところに我々の川柳があらねばならぬ。

舞扇畳んで美しく疲れ
四畳半女の無理を聞くところ
悲しさも女とあって化粧する
手鏡へ内緒の顔の一部分
愛嬌の一歩進めば媚となり
ストローの先も心もあっている
慕いよる君が見るとこ俺のどこ

人にはそれぞれに与えられた尊い道がある。その自分の道はほかの人では歩めない。自分だけしか歩めない、二度と歩めぬかけがいの無い道がある。

人間はこの天与の道をたゆまず歩まねばならない。心を定めて懸命に歩まねばならない。天与の道は大道であり、正道である、すなわち人間の行ないであり、人間の道である。

膝枕ポツリポツリと身の素性

帯に手を挟む思いに時雨るる夜

もの憂くも若さを包む閨《ねや》のうち

身を捻じて女の急ぐ向い風

金

美しい話をしてる素漢ピン

懐ろが寒いまんまに春は暮れ

日清、日露の両役に戦い勝って以来、進展を続けて来た強国日本、それを母国に持った悦びと、大東亜戦争に敗れて俄然四等国民に成り下がった悲しみとをつくづく味わされた私は、今更ながら国力が外地在留国民に及ぼす影響のいかに大きいかを思い、感懐を深くするものであった。

金のない間が俺の美しさ
十円札これ幾枚と俺の価値
月給で勤務時間は割り切れず
思うままに費《つか》えぬ金へ矢張り慾
八百長へ馬も不審のまま駆ける
占いに今日の心を躍らされ
宝玉は人間だけに尊まれ

大東亜戦争終了後、人心動揺しいたずらに焦燥に駆られるのみにて各自の落ち着きさえ失って居った折柄、我等川柳人は、川柳の持つ特質すなわち、可笑味、諷刺味、真実味を社会に浸透せしめ、いささかでも世の中を明朗化したいものと考え、有志相図って昭和二十五年一月川柳噴煙吟社を創立し、大いに川柳の長所を社会に宣揚する一方、短詩川柳の研究、新人の指導育成、さらに川柳の講演、川柳慰問、川柳名句の紹介等に務め、川柳文学界に尽くすと共に、いささかながら社会の明朗化に貢献し得たものと自負するものであります。

酒

湯上りの膳へビールは笑うよう

打水の風はビールの泡へ来る

粋人の俺と無粋の彼との差

はたらくもの

涼み台下では蟻の汗みどろ

夜の幕を引き開けてゆく納豆売

もの慾しく希う心をつゝしめば
広い世界に厭うものなし

この道歌の如く、強慾を去り、利他を本願とするときは、天上天下に臆するものなく、広い世界を正々堂々と活歩が出来、世の中が明るく、楽しく日常が過ごせるのである。

川柳は人倫道徳を詠み、社会生活の真理を詠出するものであり、我々もまたこの道歌の意味を感賞し、玩味し、世に処すべきであろう。

しっかりと大地についた足の裏
逞しきはだし耕土は黒々と
収穫へ兵間に合って村にもて
豊穣の秋を案山子は誇るよう
働いたかさを見上ぐる米俵
掌のひらに火を転がして黍の出来
太々《たいたい》も出で蒐荷期へ村挙《こぞ》る

人は常に新鮮な希望を持っていなければならない。
人は常に溌溂たる意気を蔵していなければならない。
人は常に最善の努力と、誠意を捧げなければならない。

これは私の信条であり、処生訓である。

建国に苦力《くりい》の汗は忘れられ

地に寝れば土の温味を苦力《くりい》知る

腕時計今日を働くねじをまき

人さまざま

一匹の蚤を捕るにも知恵がいり

伸びる間の尺蠖《しゃくとりむし》のひとちぢみ

山彦は自分の声を聞き戻し

虎は古来一日のうちに千里行って千里帰るという。これは虎の敏捷さと努力を語るものである。すべての物事に素早さと懸命の努力があってこそ事の成就がある。健全なる身体と苦難に堪える意力とがあってこそ生活力が培われるのである。

川柳人が作句するにも、着想の斬新、不断の努力、修辞の推敲がなければ名句を産むことはできない。

町々を朝にしてゆく乳配り

雑踏の一人に自分意識する

顕微鏡人の世界の外が見え

半円を画いて昼寝起き上り

日時計にむかしのままの日が落ちる

おとなしう袋戸棚は物を秘め

退屈へ退屈が来て球を撞《っ》き

私は若い時から封筒を裏返しにして状袋を再製する癖がある。ある友人が「君はそんな手間なことをして何になる。君の一時間の労銀は何百円に当たると思うか。五十銭か一円で買える封筒を作るなんてもったいないではないか」とたしなめる。理屈はその通りである。しかし物を大切にするという考えは、金銭とは別に意義があると私は思う。

聳《そばだ》てた耳へ足音通りすぎ
焼け跡に何だったかを見つけ出し
アドバルン今日の天気が見上げられ
花道に来れば本気に足を踏み
降る雪へ四十七士の軽い足
刃《やいば》いま静寂《しじま》の底にある殺気
煩わしい噂も生きてゆくきずな

世の中は刻一刻と進み変わりつつある。我々川柳人はいかに処すべきか、大いに考え大いに思わねばならぬと思う。殊に川柳の歴史を振り返って見ても、明治中期には古川柳が狂句臭から脱却して新川柳を生み、昭和初期には無産川柳、新興川柳が現われ、戦後には個性尊重や詩派川柳が台頭するなど、時代の波に洗われ続けて来ているのである。かくして我々は今後の川柳の行くべき途について、お互いに過去を思い将来を考え、正しい川柳道を追求せねばならぬと思う。

線香はいらず句がいる柳翁忌

川柳忌作句の数が供養なり

四季の表情　1

拍手《かしわで》が世界にひびく初日の出

朝やけへ働きぬいた手をかざし

お日さまにおっかけらるる辰の刻《こく》

存分に春を抱いて桜咲き

国家の和平、社会の安寧、小さくは家庭の団欒も、世の中のすべては「和」にはじまって「和」に終わると言って過言ではあるまい。

返り花淋しいままに散ってゆく

毒草に火焔《ほのお》のような花が咲き

宝玉となって葉先に雨光り

甘えてるように蛇《じゃ》の目へ春の雨

池の面《おも》雨琴線の音をたて

大損のように日曜雨が降り

いささかの抵抗もなく雪と来る

近頃出る雑誌を見ると川柳の向上進歩やまたは現状慨嘆の議論が随分発表される。誠にごもっともであるが、どうも所説が前論にのみ止まり後論に及んでいない。すなわち不徹底の感があるのは遺憾に堪えない。

山岳を絞って湧いた岩清水
谷水のある日は花弁乗せてゆく
釣瓶から呑むほんとうの水の味
川上に何かがあった水の色
水源池大都の生命握りしめ
人工のあんまりもろい水害地
そのままを映して水の無表情

私たち川柳人は今日の為したこと、見聞し勘考したことを、十七字に詠み遺すことである。

こうして自分の一日一日の川柳的記録を認めておいて後日、これを再見し、検討すると、川柳人独特の興味と喜びが得られるものと信じる。

微笑んだ心を撫でる春の風

汗だくをいたわるように風が来る

七輪の口の広さへ風が来る

箒目へ寒い晨《あした》のたたずまい

木枯へ枯木の霊が叫ぶよう

明月へ詩を投げ捨てて戸を締めむ

月一つ映して更ける手洗鉢《ちょうずばち》

川柳は行き詰まっている。この際川柳家の覚醒を要すと唱導せるものがある。行き詰まれる川柳とはどういう意味であるか。行き詰まりとは先のない事である。進むべき道がなく発展の余地がないというわけである。すなわち完結であり完成である。行き詰まったからとて嘆くのは間違いではなかろうか。行き詰まりが完成とすれば行き詰まれる川柳は完成せる川柳であらねばならぬ。完成せる川柳を悲しむのは意味をなさぬ。従って川柳家の覚醒など毛頭不必要である。

紋付のように盥《たらい》の中の月

大海の端を洪水ちと濁ごし

島の根をくすぐるように波が来る

四季の表情　2

大空へ両手をあげて若葉暢《の》ぶ

花の色若さばかりの春ならず

杏咲き出でて姑娘《くーにゃん》ちっとませ

かつて行なった一日一善、川柳では一日一句、それも良い事ながら社会に育ったからには、一生に一度は後世に遺るような仕事を是非やりたいと念願しながら、浅学非才の哀しさはその案さえ浮かんで来ない。ただ年を加えるにつれ焦燥を感じるのみである。

寝不足の眼へ朝顔の派手な色
浮草のしかと掴《とら》えた水の芯
太陽の恩向日葵は陽を慕い
助けたいほどコスモスの風に揺れ
炊事場の隅に野菜の芽をみつけ
嘘を強いられて咲いてる室の花
草々の芽を育んだ地の温味

現今の川柳に統一がないと嘆ずる者がある。川柳の統一とは何をいうのか。形式をいうのか。主義を指すのか。そもそも詩歌芸術の如き思想を根本とした作物において、統一などということの出来得べきものでない。人各々の個性が異なるだけその表現は必ず変化がある。現に短歌にしろ俳句にしろ種々雑多な主張形体があってさらに捕捉するところを知らない有様で、これらに比べるとむしろ川柳の方がその主義も形態も少数で論者のいう統一に近いのである。

陽に透ける桐の大葉のあばら骨

甘栗はシャベルの先でやける味

純潔を教えるように白木槿《しろむくげ》

秋来るを知らず双葉の伸びて行く

南天の冬に逆らう赤い色

老樹なお地脈に生きる幾世紀

例えば慟哭とか虚無とかいう語句を用いてこむずかしく言わないで、平易な言葉で詠んだ結果が、虚無の意味を表わし、慟哭の様相となるように努めることが望ましい。それがすなわち作句上の錬成であり、技巧であり、修辞である。

四季の表情　3

泥水に家鴨《あひる》よごれて春となり

節米にやせた雀はみつからず

人の世と硝子一重の金魚鉢

行水の裸をじっと蟇《ひきがえる》

武器をもつだけ蟷螂の臆病な

風雨を呼んで蜘蛛の巣ゆれやまず

巖谷小波の狂句的川柳が世間の注目を引いたが、川柳家の川柳が一向社会からもてはやされないのは皮肉であると、何でそんなに嫉妬根性を出すのであろうか。川柳家には境囲も墻壁もないのである。小波が川柳を作れば小波も川柳家であるゆえに小波の川柳は川柳家の川柳ではないか。小波の川柳が視聴を引いたからとてそんなに悔しがるのは狭量もまた甚だしい。むしろ一人でも多く知名の士に川柳を作って貰うことは川柳の宣伝上大いに喜ばしいことであらねばならぬ。

驢馬《ろば》の鈴野道を派手にして通り

牛今日は古都の祭に引き出され

従順な牛もある時蹴ってみる

忍従《にんじゅう》に牛の力は培われ

ある日牛憤然として主に向かい

物識《し》りの顔で仔牛はこっち向き

寝ていても牛はやっぱり噛んでいる

作句を怠る動機は、急に多忙な仕事に変わり作句のひまがなくなったとき、あるいは結婚、出世、破綻など急激に生活環境に変化をきたした場合等に、川柳疎遠の芽を萌すものであるが、こうした人々は私をして言わせれば、川柳に対する信仰心が薄い結果だといいたい。川柳をものする楽しみなるものは、どんなに生活状態が変わろうと動くものではないのが真の川柳人であろう。

豚の仔はやはり可愛いい顔かたち

雨ポツリポツリせわしい水馬《みずすまし》

ある時は手の用もする猫の足

サーカスの象迷惑な顔で出る

鯉ある日竜門に来て考える

禽獣の群れにほろ酔う酒はなし

思索まだまとまりかねて虫すだく

作句が難しくなったとか、スランプが続くとかいうのは、自分が川柳に親しみ深くなったため、自分の句のアラがはっきり見えて来るので、もっとよい句を作ろうと力瘤を入れ、焦り過ぎる結果であろう。こうした場合はすべからく川柳入門当時の気持ちに還ることである。ありふれた事象でも、たびたび見聞したことでも、努めて気分を一新し、物を見直し、素直な気持ち、すなわち初心当時の心境に立ち返り、そこに幾分でも自己の経験した知識を加えて作句すれば、また頭が甦生されて会心の句が生まれて来るようになるものである。

第二章　大陸

Tairiku

時の表情

物価高俸給令にかかわらず
人間の世界にだけの品不足
純綿を一つ奇蹟のように買い
節約をする統制に無駄ばかり
慣習を御破算にする新体制
サイレンに街の鼓動がハタと止み

論者が柳界の退歩を認めている
なら何故に自ら進んでこれを救済
しないのか、徒らに他人を呪うは愚
の骨頂である。

世の隅に小さながらもわが住居《すまい》

貧しくも大の字に寝るわが住居《すまい》

次男裕太死す

公務また重し危篤を聞いたまま

昏睡状態です夜の十一時音もなし

もうだめか大連と新京をつなぐ線

裕太死すと受話器ぼんやりおいたまま

昔から「いのち有っての物種」と言い古されているように、何が大切といって「いのち」ほど大事なものはない。それは人間ばかりでなく動物でも植物でも同じであり、生あるものの本能である。

〝あめつちの中で尊きわがいのち〟

これは三十年も前に詠んだ私の句である。特に人間にあっては、どんな地位や名誉でも、沢山の金銀財宝でも、「いのち」の大切さ、尊さに及ぶものはないのである。

暗然とうつろのままに二時三時

大陸

姑娘《くーにゃん》が乗ると嬌車《きゃんちょ》の賑かさ

紅《くれない》のひも姑娘の髪も春

爆竹に歳神の眼はさまされる

奥の奥から正月の鐘太鼓

春聯の門を溢れる銅羅の音

句会や大会などで句が抜けなかったり、投句しても一回や二回全没になっても、それにへこたれてはいけない。そんな時にはどういう点が拙なくて没になったかその根拠を究むべきである。他の人の句と比較したり、詠法を再考したり、想を練り直すなど、創意工夫についての根気と努力を傾倒して、初めてものごとの進歩があり自作のアラが首肯され、かくて今後の発展がある。

街路樹を楯に八卦の長い髯

蛇皮線が止んで飯店拳《けん》に更け

地下足袋がどっと疲れる店幌子《テンポウツ》

今年茂／相不変／賀／首仁惚／禮

（今年も相変わらずが首に惚れ）

元冦のような戎克《じゃんく》の赤い旗　（大連）

飯進上声《めししんじょう》のさびたは犬が吐え

私は寸暇があると机の前に座って川柳を作り、川柳を読み、川柳の選をし、四六時中川柳と取り組んでいるので、子供たちは「父ちゃんは又川柳を書いているの」と言う。私は川柳は「メシ」より好きだから、と答える。

メシは人間が生存する以上、特に日本人には無くてはならぬ第一の主食品であるが、私が生きているのも川柳というよい趣味があるからであり、メシより好きと答えたゆえんである。

阿片窟果敢《はか》ない生をもちこたえ

豆粕は出前持ちほどかつがれる

腥《なまぐ》さい話にあきて山を下り　（旅順）

骸骨の眼から野菊は咲き乱れ

地獄寺人間むごう吸込まれ　（金州）

史実だけ残し営口さびれゆく　（営口）

湯崗子《とうこうし》蛙が鳴いて日本めき　（湯崗子）

川柳を学ばんとする者は、まずもって一誌一派の特徴を見定めることが必要で、その誌おのおの優れた点を慎重に検討した上で自分が最も好む傾向に没入すべきであると思う。しかし必ずしも一党一派に専念しないで自由の立場にあって、川柳を研究精進するならばまた上乗の策と言えよう。一党一派に偏し、特殊の流派に参加すると、ややもすればその社の制約を受けたり、気兼ねが起こったりして、詩を楽しむ自由を束縛される怖れがないでもない。それでこの不偏不党は私の数十年来の主義である。

古えを語る碑石の苔の色　（奉天）

大陸に白塔一つ暮れ残り　（遼陽）

ただ景気ばかりを唆る馬鹿囃子　（長春）

とも角も厳然として執政府

南湖きょう国都の暇を皆集め　（南湖）

千山の景に足りない水の音　（千山）

船あまた凍って動かぬ松花江　（ハルピン）

完全なる智、すなわち真、すなわち光明と、無欲なる情、すなわち善、すなわち慈愛、とそこに培われたる意、すなわち美、すなわち生命の達成せられたる人格美より生まれたる思想の表現でなければ、完全なる川柳美、もしくは芸術的作品というを得ない。

亡国の歌で更けゆくレストラン

鴨緑江日本の端をみて帰り　（安東）

湯女《ゆな》もいず冬が淋しい五竜背　（五竜背）

チチハルに公園一つ立派すぎ　（チチハル）

牡丹江きやりの声に明けかかり　（牡丹江）

徒らな歴史熱河の古都は暮れ　（熱河）

廃頽の歴史を古廟もちこたえ　（承徳）

我々の川柳は生活の基本である生業と異なり、どこまでも娯楽であり余興である。川柳を読むこと、聴くこと、作ることにより、歓びと楽しみを得、勤勉の疲れをいやし、稼働への生気を培うものである。従って川柳人は互いに親しく睦まじく、川柳を詠み楽しみ合うことが大切である。川柳人同志が争ったり、感情を害したり、そしったりすることは実に愚の骨頂であり、大いに慎むべきである。

参詣へ恥あるやなし歓喜仏
山荘へ乾隆からの風の音
ユーモアの話題を投げる棒垂岩
乾隆を偲ぶ離宮の松の色
始皇帝竜尾壇から威を示し
群臣へ錦衣まぶしい竜尾壇
黒竜江氷の底の水を聴く　（黒河）

我々の川柳はいたずらに名句を産むことに窮々たる余り、ややもすれば説明に落ちたり、理知的の句となったりして、純情さが失われがちである。自分の思うこと、感じたこと、なまの考えを十七字にまとめるところに、作句のおおらかさがあり、よさがあり佳句もまたここから生まれかつ育つのであろうことを痛感するものである。

燃えさかる薪に黒河は四十余度
ブラゴエは遙かペチカの燃える音
白樺の靄から興安嶺明ける
満州の陽は黍に明け黍に暮れ
満州は棗《なつめ》が熟れて秋になり
日本海雲の向うにおらが国

元来趣味の交わりは、利害に関係なく、身分の上下もなく、全く欲を離れた人間同士の裸の交際である。従って詩人はもちろん、我々川柳人は句を読み句を作る楽しみの外に、清くて美しい友情という大きな利得を持っているのである。

人生

ほのぼのと醜き人の世が明ける
世に人に飽いて一つの主義守る
何はなくとも息災という宝
平凡という尊さの中にいる
水かがみ水に心をのぞかれる
気紛れに投げた小石の行くところ

川柳も一つの文学作品である以上、努めて多数の人にわかり、歓迎される句を作らねば創作価値が薄いのではないかと思います。それには現代の川柳は果たして一般大衆に受け入れられているかどうかをよく見極めて、努めて大衆に喜ばれ、大衆が感嘆するような句をよむことに努めたい。いわゆる川柳人の川柳にならぬように努力しなければならぬと思う次第であります。

冷淡にされて情けの味を知り
ものみんな歪み疑心の眼にうつり
サングラス弱い気持を見透かされ
雑音の中にひとこと耳を引く
悔悟してから人間になる涙
腹の虫じっとおさえて聞き流し
脅迫をふくめ最後の駄目を押し

雑誌は執筆者の舞台であり、読者の鑑賞場である。いかなる名優も舞台が粗末では名演技は出来ないと共に観客も気分が乗らない。

鉄拳のあるいは撫でる手にもなり

灯を消せば人の世界に虚色なし

留守にして年賀を避ける嘘はじめ

嘘の世を話術巧みに生きてゆく

悪業を説いて和尚に嘘があり

握りあう手と手へ幸も握られる

流行に負けて中折れ棚の隅

私はかねがね思いますに、川柳人は一般の人より友情に厚いということであります。

長塀は無心に城を抱きつづけ

敗戦（八・十五前夜）

敗戦と知らず刀を磨いてる

焚出しへ人間の群れあさましい

もう一度わが家だったへ振り返り

売払う家財へ淡いなつかしみ

まあだ勝つ心算《つもり》私《ひそ》かに明日の策

うか〳〵としてる様でも瓢箪の
胸のあたりに締めくゝりあり

これは古い道歌であるが、よく瓢箪の特徴を捉えて諷じている。この締めくくりがあってこそ瓢箪としての価値があり趣きがある。

われわれの川柳生活もまたこのケジメは是非大切なもので、一年間の作句とその成績を顧みて明年へ備えることこそ、川柳人としての前途があり将来があるものと信じる。

敗戦へだました軍の嘘がばれ

ポツダム宣言日本人を巣へ戻し

引揚げ（昭和二十年）

四十年振りの祖国の春寒し

意気だけは燃えて裸のお正月

食住にあくせく本能だけの我

倖せという語に淋しさついてくる

大海よりも、もっと大きいものは人間の心であろう。人の心は地球のことでも、大空のことでも、それらの全体を観察し、考察し、探究することが出来るので、森羅万象を包含する大いさを持つものである。

物差しで人の心は量られず　　濤　明

最近はまた科学の発達によって、地球の外の宇宙ということについても種々論議されるようになったが、これとて心の大いさには遠くおよばない。

第三章 再起

Saiki

妻死す　（昭和二十二年）

なきがらへ尽きぬ涙と愚痴ばかり
ただ夫《つま》へただ子へ四十五年を捧げ
語りあう妻なく黙として一人
見守れば死顔はニッと微笑する
逝く妻へ尽し足りない悔ばかり
子らがやる水へも口は動くのみ

失意のときは得意な折の華々しさは無い代わりに、謙譲の立派さ、誠実の美しさがある。その人なつこく、しみじみとしたところに人間のほんとうの美があると思う。この美を培い、前途への勇気を養うことがすなわち失意泰然なのである。

骨だけの骸へ通う妻の息

夫《つま》を呼び子を呼び西へ旅急ぐ

仏前へまたも誦経《ずきょう》の我となり

思い出は尽きず蝋燭の芯を切り

病む栄夫《えいふ》（昭和二十三年）

天井を睨みつかれた五百日

名薬も名医もやはり札の束

「我々が疲れているからと言って、すべての人が疲れているのではない。我々の後から成長している世代は倦（う）み疲れてはいないのだ」とはラマルティーヌの言葉であるがまことに切言である。わが川柳界においてもこうした錯誤はありがちで、先輩が安易な気持ちで先輩ぶっていては、いつの間にか取り残されてしまう。うぬぼれてノホホンと構えている間に後輩はグングン歩を進めて、とっくに先輩を凌駕しているのである。

退院をねだるに帰る家がなし

光明のない病床に何や思う

生きぬけという父の顔見返して

医術まだ遠し子の病不治という

病菌に肉刻々と食われゆく

ただ死ある病へ子の眼あっち向く

父の肉裂いてもやれず滋養食

近頃、田園、漁場、炭坑、陶業、鉄工などいろいろの職場を詠んだ句が殖えて来たが、まことに喜ばしいことである。

職場を詠むということは、取りも直さず作家自身の生活記録の諷詠となるものであって、これを時折り振り返り、読み返すことは自分の過去の健闘様相を再び追懐し、日常生活の反省と共に、再検討の機会を喚起するものであり、社会生活の上に最も意義深いものであると思う。

淋しさを包みて病む子父へ笑む

孝子《たかこ》着物を入質

質屋への道も娘はいつか知り

娘そと着物売る案叱り得ず

世帯苦へ若さを棄てた娘の哀れ

栄夫死す　（昭和二十四年）

いま消ゆる生命をもちて露光る

かつて私は

寒天に勝って凱歌の梅の花

と詠んだ。これは寒空に咲いている梅の花の凛とした雄々しい姿に対しての私の感懐であるが、梅のよさはこの寒風に屈せず、一輪二輪とほころばせ、さらに復郁たる芳香を放つところにある。川柳の創作にもまたこの梅の意気を会得し、雑念を排し、思索を練り、外障に堪えもって名句名吟を産むことに努めることこそ、われわれ川柳人の勤めであると思う。

南無栄夫父の瞼を奥を見よ
南無栄夫浄土に母が待っている
病苦から離れ浄土の母の座へ
逝く身にも父の生活を気遣って
苦しさを顔にあつめてからむ痰
痛さもう言わず刻々死期迫る
弱りゆく呼吸《いき》へ吸はるる深い淵

初心の作家に希うことは、多くの人々が「自分の想い、自分の声を詠む」ことである。どう言ったら自分の想いが人にわかるように詠めるか、他の人はどんな風に作句しているかを、よく検討し研究する。それを繰り返していくうちに、自然と作句のコツが呑み込め、纏った句、よい句が出来てくる。

術もなくああ臨終の子の吐息

終焉の呼吸へ菌の凱歌きく

亡骸へただ愛憐の涙のむ

再起へ（昭和二十六年）

自らに誓う再起のお元日

希望まだ捨てず六十一の春

妻も子も再出発へ手をつなぎ

現代の川柳は「自分の実感を詠む」ことである。すなわちそれが他人に出来ないところの、自分の句を創作出来るゆえんである。

妻子あり友あり還暦祝われる

還暦にわが足跡の淡くして

六十年周《まわ》って生きて恥ばかり

健康の幸還暦を老とせず

振り出しへ戻った意気で腰を伸《の》し

古　稀　（昭和三十五年）

希望まだ捨てず頭も禿げていず

川柳を詠むということは、自分の感動を表現することである。そしてこの表現という意味をハッキリ掴んでいなければならない。漫然と十七字に列べ、あるいは性急に発句してありきたりの型に嵌めていくのでは、出来合いの川柳になってしまって意味がない。自分の思いを何によって、どう表わすか、いかにすれば自分の考えを他人に正しく理解して貰えるように表わせるかを検討工夫しなければならない。

五十年弁当提げて生きただけ

生きのびて来ただけの古稀祝わるる

黄昏に近く人生返り咲き

噴煙一五〇号を悦ぶ　（昭和三十五年）

ガリ版にせめて愉しさ盛る初号（孔版より出発）

活版になって作句が生きてくる（活版誌に発展）

草千里走った後《うしろ》ふりかえり（記念事業句集刊行）

円満な家庭、平和な社会を形造るには、一定の秩序の下にこの基本道徳を励行し、お互いに謙譲の美徳を涵養するにあることを痛感する。社会詩川柳もまたここに根底を置きたいものである。

ただ奉仕心一つに育てあげ（会員・同人の協力）

火災にあう（昭和三十六年）

文献を家財を火魔は容赦せず

諦めてしまえば火焔美しい

目覚むれば火に包まれて処置もなし

失望の底にほのぼの再起考

同情の深さへ謝辞が言い足らず

川柳もいたずらに珍奇を狙い、あるいは異形を採ることは考慮を要する。詠出も敍法にも中庸を尚ぶことが肝要であると思う。

四季の表情　4

大日の出きょうの希望の手を挙げる
太陽の光へものの芽の歓喜
満開をねたむがごとく宵の雨
舟一つ浮べて眠る春の海
吹き流し吹きぬけて来た初夏の風
団扇からないよりましの風がくる

我々の川柳は生活の上の最上の糧であり最良の薬である。

星一つ飛んでめっきり秋になり

子守唄夕焼雲へとけてゆく

菊人形菊の心になって立ち

鐘楼へ和尚が上るいい日和

冬日向背を太陽にいたわられ

山脈を境に国と国の呼吸《いき》

下駄の歯を掴んで泥はついてゆく

　川柳は既に完成品である。創始以来数百年間の長い伝統によって立派な一種の詩形となっている。この上に進歩とか改造とかの必要はない。むしろこれを改造したりするともう川柳の域を脱してしまい、川柳という名を用いるすら不穏当となる訳である。

石蹴れば石は怒った音を立て

石一つ瓦礫の中に個を保ち

砂に居る間は金も砂のうち

花びらが浮いて陽気な川の水

岩清水人をいたわるごとく噴く

筧から涼をみちびく水の音

濁流の一とこ渦の美しさ

人間社会の諸相を一段高い所に立って静観し、批判と観賞と詠嘆のエキスを十七字詩に纏め上げる。それが川柳である。

滝壺に深さを秘めた水の渦

堰切った水は狂喜の音で出る

瀬を越した水平静をとりもどし

暴風雨宇宙の隅を騒がせる

四季の表情　5

美しいままで花びら流れゆく

風の意に充たぬ日もあり糸柳

川柳の生命とする人情の機微とか、道徳の根義とかはもはや古川柳、新川柳に詠み古されている。よほど図抜けた句でない限り、ありふれた着想の句は陳腐となり終わる。ここにおいて革新が叫ばれ、向上が唱えられるのである。

空き屋敷草木は季節間違えず

ぬれるだけぬれてしおれる糸柳

暴風に堪えて毅然と岡の松

石地蔵捧げるように萩が咲き

だまされて咲いても嬉し返り花

筍の天を突き刺す意気でのび

川柳の狙い所を新にすることをこれからの作家は大いに研究しなければならぬ。

四季の表情　6

十二支のはじめ鼠に淡い自負
飾馬浮かれて跳ねて草臥れる
農耕の馬黙々と鞭のまま
馬ある日拗ねて厩舎をけって出る
牛黙々農夫黙々野路昏るる
悠長な牛鶏にあなどられ

川柳の進むべき途としては多々あるであろうが、その第一に指を屈すべきは時代表現である。時々刻々変化し、向上し、進歩して行く時代の、しかも年一年と文化的社会として生活に、政治に、経済に、芸術に新味を見せてゆきつつある現代を表現し、現代の精華を永遠に記念することはもっとも有意義なことである。

親牛を仔牛の若さ駈け抜ける

片足をあげて鶏所在なし

親鶏の羽根をはみ出た雛の顔

牡鶏のものきたげな首をあげ

釣り上げた鯉は夕陽をはねかえし

鯉のぼり風呑んだままおろされる

食膳に上れば鮎はそりかえり

川柳を早く知り、早く詠もうとするには川柳の本質とか定義を究めるよりも、まず多く読み多く作ることであります。

参詣へひしめく人へ鳩怪訝

ガラス窓うかつな蝿がつき当り

病床の気まぐれに見る蝿の所作

蟻の列ささやきあって行き違い

試歩の庭はたらく蟻をふと見付け

木に憩う間も螢灯を消さず

蚊帳吊って蚊と人間の世を分ち

　俳句でも川柳でも、作句はその作家の心の顕現であります。まじめな人の句にはどこかに実直さがあり、ふしだらな人の句には自然のうちに不まじめさがにじんでいます。明るい川柳家にはつねに明朗な句が生まれ、暗い人には不快な作句となって顕われるものです。

　われわれ川柳に志すものはつねに常識を涵養し、各自の人格を高めることにつとめる心構えがたいせつと思うものであります。

まないたにまだ生きている海老の髭

たくましい姿で海老は膳に乗り

たわむれて蟹怒らせて波は引き

人間に負けるものかと猿の意地

昇る日は秘めて地底に竜眠る

いい月へ河童はそつと丘へくる

申し上げるまでもなく、男性と女性とはその観念や感覚の違うところが多いので、作句の上にもその着想、観点あるいは詠み方に男は男としての、女は女としての特徴があり、まねのできない点があり、「男でなければ」またはさすがに「女なればこそ」という句が生まれるのであります。

第四章　にんげん

Ningen

成人の今日父よりも背が高い

足の裏干して寝そべる野良の昼

水を掛け合ってカッパの恋楽し

終点へ電車もホッとしたかたち

刷毛やわく馬の心に触れる宵

きっちりと合い歯車の音素直

地球から星座を乱す星が飛び

かつて川柳の特徴とされていた寸鉄殺人的な皮肉味とか、一読失笑的な興味は漸次時代とともに排除され、そういう面はむしろ第二義的となりまして、現在の川柳は、現実を詠み、真理を探究し、批判的な主観を生かすことに主力を注がなければなりません。

天下取る夢ばっかりでいる徒食
発奮の今朝しっかりと靴の紐
人間にだけほほゑみと言う宝
太陽に笑われている二日酔い
百樹百草なべて陽の恩土の恩
明日ありと思う心に隙ばかり
まつり上げられて相談役はひま

人の心はその未来は善であってもものも実際は純なるもの、正なるものばかりではない。不正不純なる心裡より叫ばれたる告白は真は真であっても、それは濁りである。汚穢である。決して純美の光はないのである。かくのごとき心により作られたる川柳はもちろん唾棄すべきものので、そこにいささかの尊厳もない。

行水をこぼせば星もまたこぼれ

兎も角も手形を切って置く度胸

気にしない夫を妻は歯痒がり

ほろ酔いの歩巾へ丁度佐渡おけさ

盥の湯人間になる子を洗い

わがままをわがままとせぬ夫婦愛

張り合いもなく散ってゆく柳の葉

昭和三年、私たちの雑誌『白頭豕《はくとうし》』も内部分裂から休刊になった。私は「古い川柳には古い川柳としての長所がある。川柳を狭義に考えないでいこう」と説得役に回ったが、ダメで、同人仲間の高橋月南、中沼若蛙、石原青竜刀らは伝統川柳の尊重を主張しつづけた。「新しさと古さの長所を生かそう」という私の主張にたいして、若い人から「両刀使いだ」と批判されたのもそのころである。

偽つた昨日に恥じる陽が昇り

寿齢八十歳を迎えて

為すことがまだあり老境考えず

子十人孫十曾孫二の老父

白煙を上げて素直な阿蘇の今日

博多帯しめて叩いていい姿

成人式人権を得た眉宇堅し

満州から着のみ着のままの姿で日本に引き揚げたのは、昭和二十二年三月である。死を覚悟し、川柳がつくれる時代はもう来ないと考えていた私にとって、祖国日本の大地を踏みしめたときは「自分は生き返ったんだ」とあついものがこみあげてきた。

見聞へハガキが狭い旅便り
紋付を着ると日本の男なり
愛すべき衆生へ釈迦は目をつむり
日時計へ太古のままの陽が暮れる
ものの芽を育てた土のあたたかみ
泉水のいのちの如く鯉騒ぐ
捨てられた煙草煙りは生きている

人間の詩的方面に現われた時には川柳は詩であり、作家が動物的な時には川柳もまた動物である。すなわち人間の一挙一動、思索が一歩脳髄を踏み出した時、その人間が詩となり、書となり、活動となるのである。であるから作家が世の中のすべてを川柳的に観察し、川柳的に表現し川柳的に活躍せしめさえすれば、川柳の領域は無限であり、無境である。

白煙を挙げて素直な阿蘇になり

夕陽の美へ満州の思慕つきず

聞き捨てに出来るゆとりの我を看る

雨垂れの音が朝寝を攻めるよう

幼稚園並んだだけでもう楽し

ゴキブリがちょろちょろ主婦を軽んずる

生けるもの皆初夏の空を向く

川柳とは人情風俗の機微、人倫道徳の真理を十七字形に諷詠する通俗詩である。

解説にかえて

来嶋　靖生

大嶋濤明は、年譜にある通り明治二十三年（一九九〇）に福岡県宗像郡上西郷村《かみさいごう》に生まれた。鹿児島本線の福間駅から南へ山に向かって約六キロ、当時のこととてまったくの山村であった。農家の四男であるから当然外で働かなくてはならない。十七歳の時、郷里の先輩川崎流三《りゅうざ》を頼って満州（現・中国東北地方）旅順に渡り関東都督府民生課に就職する。性格は温和だが、誠実勤勉型の人間だから昇進は早かった。城山三郎の『落日燃ゆ』に出てくる外務省高官の山座円次郎《やまざえんじろう》や、満州建設業界の実力者榊谷仙次郎《さかきやせんじろう》らに引き立てられ、三十代はじめに土木課長となり、さらに満州全体の建設業界を統括する満州土木建設業協会に引き抜かれ、大正十四年三十五歳で書記長、昭和五年四十歳で常務理事となる。国会図書館に収められている『榊谷仙次郎日記』には「大嶋と遅くまで文案を練る」とか「大嶋を伴い何々会議に赴く」などの記述がしばしば見える。榊谷会長・大嶋理事というコンビで協会の運営に当たったという。万事手早く、有能な事務方だったらしい。仕事は、日本の大陸政策進展の波に乗っての事業であり、労働がそのまま報いられる、幸運な時代に生きたわけだが、やがてその半生は敗戦によって無惨にも打ち砕かれてしまう。

一方、川柳は公務と並行して続けていたが、やはり創作と職業のバランスには苦しんでいたようだ。大正九年に自ら創刊した雑誌「娘々廟」の後記には、自分の多忙のために刊行が遅延したといういわば「お詫び」が書かれているし、大正十五年に刊行した『川柳大学』も第一巻とあるのみで、第二巻以後は出ていない。

以下、家庭の濤明に少しだけ触れておく。ここからは子から見た父である。

戦前の大連時代、休日は朝から新聞柳壇の選句などに励み、幼かった私など、傍らで何度もハガキの数を数えたり、整理したりすることを手伝った。正月には二階の座敷一杯に緋毛氈を敷き、大きな紙を拡げて字を書くのが例であった。時には朱筆で達磨の画を描くこともあった。父は言う。「こどもの時から字は下手だった。が、暇されあれば筆を持つように心がけた。たくさん書いていれば何とかなる。何より稽古じゃ」と。知人や家族の冠婚葬祭には、その人のために句を詠み、色紙や短冊（たんじゃく、と発音していた）に書いて贈る。それを楽しみとしている風もあった。

こどもの頃、父から聞いたこと一、二。「人から手紙やハガキをもらったら必ずその日のうちに返事を書く。人の信用はそこからはじまる」と。電話やメールの現代からは遠い話だが、まことに筆まめな人であった。また、文筆に携わる人としては当然だが、外出する時は必ず紙と鉛筆をもって行く。「時間があればつねに川柳のことを考えている。私には退屈するということはない」。これも父の自慢の一つである。こどもたちに川柳をせよ、と強いることはなかったが、川柳によって人間は深まり、世界が開ける、と川柳の功徳は幾度となく聞かされてきた。死んだ時も枕元には鉛筆と紙があった。

父は子福者であった。私たちは八人兄弟だが、再婚した後にも四人の子がいる。「こどもは何人いてもいい。親が子を育てるのではなく、親は子に育てられるのだ」と口癖のように言っていた。大連時代、まだ戦争が激しくならない頃、久々に帰宅した父が先頭に立ち、市内の小村公園にある名高い中華料理店に一家揃って行くことがあった。それは我が家の最大の贅沢で、こども心にリッチな気分にひたったものである。その時はいつもはたらき通しの母も美しく装って私たちと行を共にする。それは父母の存在を確かに感じる、まぼろしのような淡い幸せの記憶である。

父、大嶋濤明の川柳の背景のようなことが語れれば、と思って記しはじめたが、筆は拙く、父には迷惑なことだったかも知れない。

（歌人、大嶋濤明五男）

あとがき

同書の出版には少し逡巡した。

それというのも昭和四十五年に濤明師が亡くなられた直後、ご令息の来嶋靖生さんの編集で句集「娘々廟」が出版され、噴煙吟社や満州時代の知友の方たちには行きわたっているし、「娘々廟」を越える本は出来ないと思ったからだ。

しかし、濤明師の作品や論を広く知ってもらうことは大切なことで、それが噴煙吟社を受け継いだ私の使命であると、来嶋靖生さんに相談したところ、「有難いことです。賛成します」との快いお返事を頂き、善は急げと急ピッチでの出版となった。

「娘々廟」を読み、「噴煙」誌の創刊号からの二十年間におよぶ濤明作品と文に接した。

私たちにとっての濤明師は、川柳の先生というより、先輩、柳兄といった存在で、むしろ人間として生きることの尊さ、またその大切なことを教えてくれる人生の先生であった。

終戦後の混乱時代に、心のやすらぎを求めて川柳愛好の若者たちが仕事帰りに集まり、川柳を楽しんでいた。そのときの中心人物が濤明師であった。

私たちの川柳は、酒の肴か、パチンコ代わりの趣味でしかなく、いささか文芸に興味があったので、手っ取り早い川柳を作っただけであった。しかし、そんな私たち新人に濤明師は、自分の川柳観や好みを押しつけることはしなかった。

当時の日本は戦後の復興期であり、ガムシャラに働く時代であったために、私たち若者が「川柳が趣味です」というのは肩身が狭くて恥ずかしいと言っていたとき、「川柳は精神を鍛えます。心の修養になります。胸を張って、堂々と誇り高く川柳を奨励し、会員を増やしてください」とハッパを掛けられたことは、今でも昨日のことのように思い出す。

もうひとつ、還暦の頃に師が言われた、

「転業は家族の生きる生活の糧、今から私は川柳発展のために尽くしたい。川柳は世界に誇る短詩文芸である。言葉の短かさ、七五調のリズム、盛り込まれる人間性向上の内容。すべて誓って川柳以上のものはない」との言葉も、今思い返しても身震いさせられる。

私たちが噴煙吟社創立に参加したときのこと、「噴煙」誌は新人である我々の作品発表の場としての意識をもっていた者が多かった。しかし、今回改めて噴煙誌を読み返してみると、全国的な川柳の発展と、全国の川柳交流を目指す願望を読みとることができ、濤明師の構想をここで理解することができた。また、全国の著名川柳家たちは言うまでもなく、満州時代に一緒に川柳活動した、大井正夫、中野柳陽、水野華明、出口夢詩朗、森崎仏心のほか、アメリカ、ブラジルの祖国訪問の川柳作家の来訪も多く、私たちの川柳開眼とともに濤明師の満州時代の活躍の実体を改めて思い知らされた。

また、同書を読んで頂ければ理解できると思うので、ここで書く必要はないだろうが、濤明作品は不器用で、あまり技巧を弄していない。しかし、川柳に対する信念が通っていることは見えたと思う。明治生まれの気骨が通っているとでも言おうか、現代の川柳作品に欠けたものを思い出させてくれるはずだ。少しでも、それを感じ取っていただきたい。

本書の刊行にあたって、資料集めから編集まで来嶋靖生さんの尽力に依るものが多かったので、連名の編者にすべきと思ったが、来嶋さんの強い意志で私の名が表記されることになった。また、すべてにわたって新葉館出版の竹田麻衣子さんに誠心誠意手伝っていただいたことに感謝します。

平成十五年十二月

吉岡　龍城

【編者略歴】

吉岡　龍城（よしおか・りゅうじょう）

本名、辰喜。

1923年　熊本県宇土市に生まれる

1950年　川柳噴煙吟社創立に参加

1970年　大嶋濤明主宰死去により、川柳噴煙吟社会長となる

1992年　社団法人全日本川柳協会設立で理事となる

現在、(社)全日本川柳協会会長、川柳噴煙吟社会長。

著書に「川柳句集　草千里」「川柳みちしるべ」

「川柳コメント集　とまり木」。

現住所　熊本市八王子町3-16　　TEL 096-378-0387

大嶋濤明の川柳と言葉

新葉館ブックス

○

平成16年2月1日 初版

編　者

吉　岡　　龍　城

発行人

松　岡　　恭　子

発行所

新　葉　館　出　版

大阪市東成区玉津1丁目9-16 4F　〒537-0023

TEL06-4259-3777 FAX06-4259-3888

http://shinyokan.ne.jp　E-Mail info@shinyokan.ne.jp

印刷所

FREE PLAN

○

定価はカバーに表示してあります。

ISBN4-86044-208-3